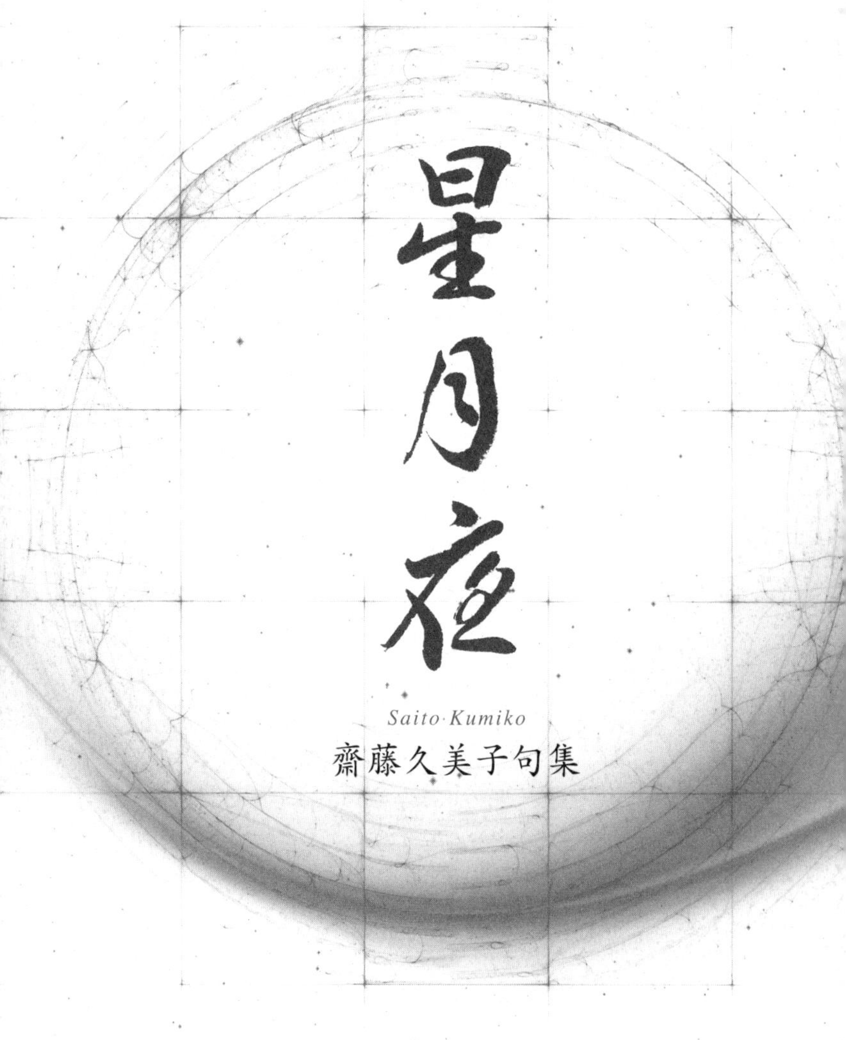

星月夜

Saito·Kumiko

齋藤久美子句集

ふらんす堂

「山火」選後評より――――――――――岡田日郎

凍てに凍て払沢の滝直立す

奥多摩の「払沢の滝」は全面凍結する年もある。「払沢の滝」は先にも出てきたが、目の前の「滝」を見上げて「凍てに凍て―直立す」と徹底写生の手法で成功した。全面凍結しているわけではないのでこの詠み方は正しくていい。

雨あとの山道ぬかり藪茗荷

何の変哲もない作という人もあるかもしれないが、私はそうは思わない。「ぬかり」の表現に臨場感があり、形の整っているところがいい。事実に即して表現することの大切さでもある。

畦に干す稲束穂先広げあり

「穂先広げあり」の観察と表現で一歩深まった。それが俳句眼であり、徹底写生の成果といってもいい。

草ロール野積みのままに草萌ゆる

秋の頃収穫した「草ロール」が一冬を越してそのまま「野積み」のままの状態。はやくも野は「草萌ゆる」季節を迎えている。平易な表現であり「草萌ゆる」の季題が効いた。

あめんばう向き変へ跳ねて堰落ちず

「堰」の水の落下点近くに輪を描く「あめんばう」のようだ。あやうく「堰」から落ちそうになると、突如「向き変へ跳ねて」落ちることはない。「あめんばう」のいきいきとした様子、臨場感が表現された。このような作をめざしたい。

暮れぎはの河口に満ち来秋の潮

「河口」ならどこでもこうした現象は見られると思うが、郷里博多湾の光景かも知れない。海と都市が入り組んだところである。

鱗雲膨れつながり空覆ふ

きめこまかな鱗状の「鱗雲」が、時間がたつに従い大きく「膨れ」てくることがある。そして「つながり空覆ふ」状態になる。自然現象をじっと観察した成果である。余分な語がなくこれでいい。

一花二花辛夷の開き谷地晴るる

「開き」はじめの花にはういういしい美しさがある。「一花二花」の表現に感動がこめられているといっていい。そこがいい。

稲雀襲ひ来田の面翳りけり

大群の「稲雀」の趣。「田の面翳り」の把握がいい。中国大陸では、ばったの大群が空が暗くなるほど押し寄せて来る年があると、何かの本で読んだことがあるが、それほどでないにしても「稲雀」の大群もすさまじいに違いない。

山頂にオリオン仰ぎ去年今年

この季節になると「オリオン」が南中する。よって「オリオン」星座を冬の季題としてあげている『季寄せ』などがあるがそれはよくない。「オリオン」は冬の星座の代表ではあるが秋のころの山の夜明空に「オリオン」がみごとに仰がれることもある。

霧氷片音たて熊笹原に降る

自然現象を美ととらえるのが私たちの立場であるといっていい。ただ美ととらえるのであっても現象について曖昧な考察に終わってはならない。正しく観察しそこに美を発見して表現することであろう。

うなぎ筌の棹立ち秋の川濁る

「筌(ど)」とは「ウナギ・ドジョウ・エビなどを捕る漁具。（中略）餌を入れて水底に沈めるもの」と『広辞苑』にあり挿し絵まである。その「筌」のありかを示す「棹立ち」となる。三、四本かたまって立っているところもある。案外よくうなぎが捕れるそうである。実景に即した表現でこれでいい。

ひと風の止みて穂絮の舞ひ上がる

強風に「舞ひ上がる」のではなく「風の止みて」そのあとから「舞ひ上がる」

である。強風の間はじっとしがみついていて、そのあと一斉に舞い立つような光景を幾度も見かけて来た。事実に即して平易に表現したところがいい。

親 鴨 の 胸 に 顔 出 し 雛 孵 る

卵からかえったばかりの「雛」のようだ。このような鳥たちは生まれた瞬間から周囲はすべて危険地帯であって他の生きものの餌食になってしまうことが多い。生まれ立ては「親鴨の胸」にいるとしても一歩外へ飛び出せば危険極まりない。といったことまで一句の中に述べることができない。そうした感想や感慨は鑑賞者にゆだねるしかない。

供 へ あ る 蜜 柑 銜 へ て 初 鴉

正月の「初鴉」なら「蜜柑」を「銜へて」飛び去ることもあるに違いない。その場に出くわしてこそこのような句を詠める。目の前の現象・風物に接してこそ俳句表現になる。庭先や道の辺であってもさまざまな現象や風物はある。

蜆棲む木下涼しき流れかな

「蜆」は淡水の「流れ」にいる貝であって、東京多摩地方の水路などでも見かける。水路の中をじっと見ていると紫の「蜆」が動いているようなこともある。案外、身近な川の「流れ」に「棲」んでいてもそれと気付かないのかもしれない。

大海原朱に染まりて初日出づ

「朱」はアケの読みがあり「やや黒ずんだ赤色」と『漢和辞典』にある。「初日」の昇る「大海原」はまさしく「朱に染ま」るであって辞典の解と一致する。正しい表現で可。

幣千切れ手水舎水の涸れてをり

寒いときなので参拝者の少ない寺社もあるに違いない。「手水舎」には落葉などが吹き込んでいるところもある。「水の涸れてをり」のたしかな表現で納得できる。

みんみんやブリキ四手吊る山社

「四手」とは「しめなわ・玉串などに紙を細長く切ってさげたもの」と辞書にある。「山社」などではよく見かける。紙などであると風雨などに弱いので似たように「ブリキ」で作って「吊」りさげている「山社」もあり、私も見たことがある。ハイキングなどで山を歩く人にはさして興味はないかも知れないが、俳句の素材としてはどこか楽しい。着眼点の良さでもある。

（「山火」選後評より　鈴木久美子抄出）

まとめ

俳句は何といっても目の前の四季の移り変わり、その現象を正しく見て聞いていきいきと表現するのが基礎基本であり、十七字・十七音で完結する一行詩である。天才的な人ならば別であるといってもいいが、普通の人ならば基礎基本を一歩一歩と前進することによって、その人なりの俳句が生まれるというべきであろう。普通の人が思いつきのような突飛な表現にまどわされて、そのような表現にこだわりいつしか迷路に落ちてみずからを見失うこともあるといっていい。徹底写生、雪月花汎論の大道を着実に歩んでこそみずからの俳句の道が開かれるのだと思う。

（「山火」平成三十年十二月号）

岡田日郎

星月夜／目次

カバー題字・著者

句集

星月夜

第一章

草ロール

平成十五年～二十年

切株にまだある木の香秋澄めり

教会の塔に日半ば冬薔薇

雨細か背に嘴埋め残り鴨

手足すり雨粒払ふ蜻蛉かな

白鳥の脚踏ん張つて着水す

堰落つる水に亀の子裏返る

一樹づつ盛り上り山紅葉かな

凍てに凍て払沢の滝直立す

森ぢゅうの鴉羽搏ちて木菟追へり

切幣の田に苗放り植ゑ始む

退りては足跡均し神饌田植う

庭に錆び五右衛門風呂や柿の花

滝出で来行者より水こぼれけり

雨あとの山道ぬかり藪茗荷

堤より藁屋根低く鶏頭花

増水の渓へ房垂れ鬼胡桃

山畑の上に広ごり鱗雲

畦に干す稲束穂先広げあり

崖上に出窓のせり出紅葉茶屋

草ロール野積みのままに草萌ゆる

ひと鳴きに終はり峠の初音かな

故郷はつちふる中や着陸す

苗補給して田植機の動き出す

あめんばう向き変へ跳ねて堰落ちず

秋暑し蜊蛄泥を立て潜る

風倒の稲田の窪みひとところ

暮れぎはの河口に満ち来秋の潮

鱗雲膨れつながり空覆ふ

奥日光・光徳牧場　三句

牧よりの小流れ激ちななかまど

散り尽し落葉松牧に尖り立つ

倒木の転がる牧や冬に入る

枯葦の穂先の千切れ荒磯道

畝に積む土嚢の破れ仏の座

横手・梵天祭　三句

本殿へ雪の急坂ロープ攀づ

神杉の幹に張りつき雪凍つる

小かまくら灯り雪降るまま更くる

一花二花辛夷の開き谷地晴るる

板一枚かかる流れや初蝶来

出産日記す牛舎や辛夷咲く

雲の峰脚踏ん張つて仔牛立つ

葉より葉へ脚長蜘蛛の速さかな

奥日光　二句

爽涼や湖畔に男体山仰ぐ

魚跳ぬる音か山湖の星月夜

宿坊の茅葺屋根や草の花

白装束干しあり御師の萩の庭

吾亦紅山晴れちぎれ雲浮かぶ

上高地

枝の先引き寄せ猿の木の実食む

閉め切つてあり山寺の白障子

第二章

稲雀

平成二十一年〜二十三年

松笠のつき奥宮の松飾り

大釜にもてなし寺の七日粥

笊盛りの蛤一つ泡を吹く

春風に顔向け仔牛立ち上がる

牛の仔の柵に鼻出し蕗の薹

芽吹く樹の根元水湧き札所道

たんぽぽや牛舎風除けシート吊る

行く春の厩舎に来鳴き雀どち

石動き沢蟹鋏より出で来

紫陽花や蠟とぼしある座禅堂

那須・茶臼岳　三句

雲上の岳より高く岩燕

老鶯の遠鳴きがれに雲這ひ来

日食の雲上涼し茶臼岳

満ち潮に海月漂ひ触れ合はず

北海道・旭岳　二句

縞栗鼠の目の前よぎりななかまど

稚児車紅葉し綿毛風に舞ふ

紙箱の干し藷乾き白粉吹く

柿簾シート掛けあり雨催ひ

遠武甲見ゆる河原や冬雲雀

山茶花や札所の手押し井戸涸るる

初太鼓響き神門開きけり

天に月地に篝爆ぜ初詣

奥日光　四句

風花や注連張り登拝門閉づる

雪の降りつつ雲の奥日射しけり

地吹雪の立ちては雪の上走る

雪搔きのシャベル立て掛け湖畔茶屋

干し若布千切れて風の浜に飛ぶ

引く波にやどかり転げ雨の浜

奈良・山の辺の道　三句

田水張り大和国原風渡る

三輪山に雨雲かかり夕雉子

夕雉子また鳴き峡の雨細か

潮濡れの神輿綱干し神の庭

八ケ岳　二句

湿原に水鳴り野花菖蒲かな

高原の木の間に仰ぎ星涼し

靄濡れの熊笹原や赤とんぼ

山道に仔狸潜み木の実落つ

猪の足跡あり谷津の一枚田

母ヒサ子逝く

紅さして母眠りけり菊の中

山の池日射し名残の赤とんぼ

御岳山　六句

朝日まだ届かず坊の白障子

宿坊の庭日の射して干菜吊る

葉の上に葉の形して雪氷る

水細り禊ぎの滝の凍てんとす
風に反り捩れて渓の細氷柱
岩に塩盛りて禊ぎの滝凍つる

故郷のかつを菜を入れ鰤雑煮

冬波や鎖に荒磯道閉づる

冬渚鵜鴿波に飛び上がる

栗鼠が栗鼠追ひかけ走り山芽吹く

堰落つるところ湯気立ち春の雪

堰落つる水に虹の出猫柳

春耕の田より田へ板渡しあり

湧水に練り餡冷やし彼岸茶屋

下仁田　四句

芽吹きつつ花の紐垂れ岳樺

七つ星真上に光り花の宿

餌吊りて狸の罠や花の宿

山迫る渓に水鳴り初河鹿

日光・鳴虫山　二句

山頂に天気雨飛び赤八汐

下り来て含満ケ淵遅桜

礼文島　六句

海原に聳え残雪利尻富士

お花畑海へと傾ぎ島晴るる

座禅草苞の中まで夕日射す

めなう浜めなうを拾ひ夏夕べ

潮騒に宿暮れ夏の星光る

海鳴りの崖に張りつき岩弁慶

一輪車茄子積み朝の畑出で来

白雲のかたまり流れ大青田

三峯神社　七句

神杉にむささびの鳴き宮涼し

大神の御前に巫女の舞涼し

万緑に響きて神の滝落つる

遥拝の山まだ明けずほととぎす

山霧の一路奥宮へと攀づる

先頭は霧の中なり神の山

杉山路前に後ろに山霧来

稲雀ひとかたまりに襲ひ来る

稲雀襲ひ来田の面翳りけり

一摑みづつ寝かせあり手刈り稲

天気雨止みてまた降り吾亦紅

経納めあり秋風の山祠

蔓引けば遠くの烏瓜揺るる

御岳山　七句

紅葉山暮れて紅葉の坊泊り

木より木へむささびの飛び月明かり

雲に濡れ竜胆蕾固く閉づ

山晴れて茶屋の餌台に小鳥来る

熊四手のつまめば軽き実莢かな

年の夜の拝殿灯り御師の里

山頂にオリオン仰ぎ去年今年

第三章

霧氷片

平成二十四年～二十六年

鉄瓶に湯の沸き坊の年新た

底冷えに一灯点るやぐらかな

雪交じる土積みダンプ山より来

泡ひとつ水面に弾け葦の角

裏山に栗鼠鳴き谷戸の春浅し

山畑の翳りて春の雪にはか

菜の花や猪除けトタン風に鳴る

嬬恋村　三句

靄山路残雪一歩一歩攀づ

霧氷片音たて熊笹原に降る

本降りとなりて芽吹きの山暮るる

禁漁の渓に被さり朝桜

獅子舞におひねりの飛び春祭

波寄する岩に目を出し夕河鹿

朝靄に分蘖進み大青田

蜻蛉生れ縋る葉に貌廻しけり

磯鵯の岩飛び伝ひ梅雨の浜

ひと雨に黒土湿り茗荷の子

風に雲払はれ真夜の月涼し

切通し風に揚羽のよろけ舞ふ

草の絮ひとつ遅れて舞ひ上がる

うなぎ筌の棹立ち秋の川濁る

山畑の薯の葉垂るる残暑かな

奥日光　四句

ひとつづつ紅葉し雨の谷地坊主

牛に牛連れ啼き牧の秋夕べ

男体山よりの風花湖上舞ふ

湖畔茶屋早仕舞して紅葉雨

柴漬や風出てにはか沼濁る

収穫の冬菜を洗ふ野川かな

洗ひ場に菜屑のこぼれ多摩は春

根回りの雪融け青菜立ち上がる

波のたび岩に膨るる鹿尾菜かな

卵塊の抜け殻つつく蝌蚪のあり

日も雲も砂塵に翳り春嵐

花の雨止みてボートの漕ぎ出せり

渡し場の杭に波寄せ柳の芽

道了尊　二句

うぐひすや雨の中なる奥の院

大瑠璃や杉の参道明け初むる

抱卵の鴨の首立て草の中

羽搏ちつつ足踏み巣立鳥飛ばず

凪の浜昆布突つ張つて干し上がる

尾瀬　四句

綿菅の綿毛の震へ雨来るか

山小屋の軒打つ雨や時鳥

蜘蛛の子のちらばり行けり風の原

梅雨靄に熊除けの鐘一つ打つ

赤手蟹螯(はさみ)つぼめて穴に入る

山影の伸び夕萱の開き初む

滴りの崖に水神祀りあり

天気雨降り来て稲の花匂ふ

森の道濁流走り曼珠沙華

濁流に道行き止まり釣船草

ざりがに筊流れに沈め稲熟るる

神の井戸注連張り塞ぎ曼珠沙華

岸叢に鴨潜み鳴く良夜かな

一人づつ吊橋渡り紅葉狩

破れ蓮に雀の止まり夕日射す

ひと風の止みて穂絮の舞ひ上がる

沢道の落葉動きて蟹走る

トロ箱の冬菜芽を出し浜番屋

稲荷社の鳥居連なり神の留守

初日待つ頭上に七つ星光る

雪掻きの雪積み杉の詣道

アロエ咲き浜小屋屋根に漁網積む

荒川の源流響き崖氷柱

背の雪払ひて鴨の水に入る

山里に午鐘の響き野梅咲く

山里に水の響きやふきのたう

冠雪の富士晴れ浦につばめ来る

杉の渓道日の射して延齢草

吊り橋に立ち止まり聞く初音かな

まんさくや滝行場小屋開け放つ

田毎水光りて峡の遅桜

巣の鴉向き変へしやがみ抱卵す

巣に戻り抱卵代はる鴉かな

電線の親に鳴きづめ雀の子

青大将総身枝を這ひ進む

実梅落ち旧街道に関所跡

脱穀機軒下に古り柿の花

檜葉敷きてあり奉納の花氷

摺り足に禰宜の進み出滝開

水煙に切幣の舞ひ滝開

参進の滝道草の刈りてあり

濁流の中洲に傾ぎ青芒

武甲嶺に発破の響き稲の花

志賀高原　四句

山頂の岩に雲這ひ薄雪草

がれを這ふ雲の中より赤とんぼ

おこじよ鳴くロッジの庭や月明かり

湖畔沿ひ落石転げ梅鉢草

潮煙あげ野分波襲ひ来る

高波によろけ秋燕羽を張る

蜆貝棲みて野川の水澄めり

千羽鶴札所に褪せて冬桜

近江八幡　二句

柳枯れ水路龍神祀りあり

枯れ葦の沼に靄込め鴨の声

第四章

玄界灘

平成二十七年～二十九年

渓風に風花の舞ひ遥拝所

しづり雪止まず山宮夕べ来る

松飾り魚屋土間に干物干す

湯沢　五句

お堂っこに注連張り犬っこまつりかな

千木屋根のお堂っこに雪降り止まず

雪煙のにはか山並閉ざしけり

宿のバス車体に氷柱下げ来たる

雪搔きの宿に朝刊届きけり

蠟梅や山家にはとり放ち飼ふ

島晴れて崖の明日葉冬芽出づ

渓川の水の調べやふきのたう

磯うらら海牛角を振り泳ぐ

有馬　四句

朝靄の滝道湿り著莪の花

大瑠璃やがれ場ロープの張りてあり

有馬籠工房灯る春夜かな

磴下り上り湯町の遅桜

親鴨の胸に顔出し雛孵る

福岡・玄界灘　五句

空港のロビー山笠飾りあり

梅雨の月明かり御饌田に注連を張る

玄界灘漁船散らばり梅雨晴間

梯梧咲き島に一つの小学校

島の路地戸毎燕の巣の並ぶ

山の水引きて駅舎に山葵売る

遠山は雨か雲込め行々子

虹二重黒雲雨を零し来る

多摩の水引きて田に田に稲の花

地に届くまで垂れ萩の白蕾

墓域への木橋の湿り赤のまま

神の田の四隅笹立ち稲熟るる

茎束ね結ひあり御饌田刈り近し

山羊長き紐に草食み鰯雲

安達太良山　四句

安達太良の裾まで晴れてななかまど

湯の神の参道灯り十三夜

湯の町の提灯点る夜寒かな

木の実降り湯の神湯桶供へあり

海蝕の岩場に零れ海桐の実

雲の影紅葉の山を走りけり

吾野

冬暁の拝殿灯り小鳥鳴く

籠の烏賊墨吐き冬の浜通り

手水舎の凍て閉ぢてあり三峯社

供へある蜜柑銜へて初鴉

飾り米食ひ散らかして鵯騒ぐ

こたつ舟岩に舫ひて瀞暮るる

大鍋にけんちん煮立ち初社

泡吹きて丸太燻る焚火かな

氷柱注意札立つ山の駅舎かな

日陰れば日陰の白さ梅香る

巣作りの雀鳴き合ひ大庇

磯の香の路地に箱植苺咲く

漁師小屋朝採り浅蜊砂出しす

ふじつぼのつき笊盛の大栄螺

白久

前山に猿啼き落花渓に舞ふ

橋に立ち聞き留め多摩の初河鹿

村中の水路水鳴る植田かな

集乳車牧に来てをり柿の花

引潮の岩を触れ飛び夏の蝶

蜆棲む木下涼しき流れかな

軽井沢　三句

裾野晴れ浅間嶺梅雨の雲脱がず

渓の道ロープを摑み蛍狩

荘の灯に白樺白き夜涼かな

古ボート土手に伏せあり曼珠沙華

稲架掛けの御饌田に円き月昇る

穂の千切れ鹿の来るてふ稲田かな

鹿の食ひ散らし稲穂の総倒れ

芒原暮れて秩父路月昇る

昇仙峡　三句

一片の雲に日翳り秋山路

山頂の大岩尖り秋の風

紅葉晴手をつき越ゆる岩場かな

貝の殻供へ岬宮松飾る

大海原朱に染まりて初日出づ

初日影波すれすれに千鳥飛ぶ

休耕の畑に凧揚げ一家族

旋回に揃ひ白鳥着水す

幣千切れ手水舎水の涸れてをり

神官の木履に雪を踏み来たる

古利根の流れの光り蓬の芽

嘴に藁押さへ鴉の巣作りす

街道の研屋店先雛飾る

奈良・葛城古道　五句

紫雲英田の畦に葛城山望む

神官の登拝門閉ぢ春夕べ

うぐひすや蛇神卵酒供ふ

集落へ続く野道や揚雲雀

げんげんや石の載せある養蜂箱

豆腐屋の軒先掠め朝燕

名栗　二句

山里にチエンソー響き遅桜

星一顆雲間に光り河鹿笛

石動きがうな出で来る潮溜まり

萱鼠小走り谷津の梅雨晴間

那須　四句

硫気噴く岩に梅雨雲ぶつかり来

靄込めに蜻蛉の増えて那須野原

夏霧の高原雨となり暮るる
雲上のがれに雲這ひ山母子
岩屋奥榊を祀り滴れり

椋鳥（むく）に椋鳥（むく）一樹に騒ぎ秋夕べ

月待ちの荒磯に低く鷗舞ふ

濡れ岩に磯鵯の鳴く無月かな

畦川に飛蝗の落ちて泳ぎ出す

御岳山　三句

雲上の月にむささび鳴く夜かな

手水舎の水鳴り後の月明かり

金色の社殿日当たり冬紅葉

福餅の撒かれ納めの三の酉

歳の市屋台せいろに湯気上がる

第五章

冬桜

平成三十年〜令和三年

伊豆　四句

潮騒に海暮れ寒の星月夜

横走り来て寒濤の立ち上がる

毛嵐てふ冬霧の立ち海夜明

暁闇の入江出て行き栄螺舟

蛇祀る池に水湧き楓の芽

ふじつぼの岩に飛沫きて春の波

崖裾に地蔵堂あり土筆伸ぶ

塗りたてか泥まだ湿り燕の巣

孑孑の生れたてらし横泳ぎ

雨乞の池の水減りあめんばう

貝殻とあぢさゐ供へ島社

牛の眼の牛舎に光り柿の花

梅雨晴間青鳩磯に水を飲む

梅雨怒濤砕け青鳩舞ひ上がる

大夕立来るか黒雲膨らめり

神の田の分蘖進み夏の雨

葭切や河原豪雨の泥乾ぶ

みんみんやブリキ四手吊る山社

ひと雨に嵩増し滯の流灯会
灯籠の一つ離れて瀬に点る
坂多き湯島の町やいてふ散る

山頂の経塚木の実供へあり

野辺山高原　二句

雨止みて高原真夜の星月夜

白樺の薪積み荘の冬仕度

掛け声に門徒奉納餅を搗く

ドラム缶据ゑ山寺の飾り焚く

海と空靄り時雨の由比ガ浜

雲垂るる沖に日の射し冬鷗

炉に炙り焼蜜柑売る山の茶屋

蓮刈り舟遠巻き鴨と鸊泳ぐ

刈り蓮の上に鴨乗り羽繕ふ

蓮刈りてより不忍池は春

岩棚に水神祀り木の芽雨

山芽吹き木の間に相模湾靄る

うぐひすや石供へある地蔵堂

今朝富士の真白に晴れて春疾風

小屋売りの青菜に蝶の止まりけり

鳴き合ひて飛び巣作りの鴉かな

つつじ祭天狗幣振り先導す

巣作りか藁しべ垂るる蔵の軒

江戸川の中洲森めき雉子の声

つんのめるかに鶺の子の走りだす

抱卵の卵二つや鳰浮巣

鳰座り直して卵抱きにけり

親真似て白鳥の雛羽繕ふ

余り苗バケツに育ち宮夕べ

鉄塔の真下隙なく大青田

奥日光　三句

鹿親子貌出し森の朝涼し

閉鎖てふ山の牧場や赤とんぼ

白樺も山湖も暮れて星月夜

藻の池に龍神祀り赤蜻蛉

宿坊の山門霧に開け放つ
霧に暮れ霧に集落夜明けたり
うろこ雲朝日に一片づつ染まる

月明の中洲に鴨の蹲る

大楠の梢を離れ今日の月

山家軒竿に竿継ぎ吊るし柿

初鴨の羽打ちて飛ばず沼は雨

首立てて白鳥雨に身じろがず

雨続き葱の畝間の水引かず

穭枯れ田に田に昨夜の水溜る

群鴨の降りて散らばり田を突く

更けてより風止み除夜の星月夜

切り株に御鏡供へ山祠

磨きある薬缶湯気立ち河原茶屋

潮引きて岬繋がり冬鷗

蜑が庭小海老の交じる海苔を干す

薄氷のつまめば水に戻りけり

貝殻に花壇縁取りクロッカス

菰解きの藁か散らばり蘇鉄の芽

舞殿の板戸に閉ぢて春の雨

声張りてうぐひす雪の枝に鳴く

土嚢積む河川工事や朝桜

後ろ手の宮司の見上げ夕桜

夕風の森に金蘭蕾立つ

薬医門開き旧家の鯉のぼり

甘え鳴きして軽鳧の子の親を追ふ

靄込めの草の陰より夕蛍

豪雨去りたちまち晴れて二重虹

みんみんや鎮守の杜に月昇る

散水機回り夕べの畑涼し

台風の備へ板打ち河原茶屋

コスモスや秩父路単線電車来る

柿剝きて縁に小昼の老夫婦

毬栗の弾け軍鶏飼ふ峡の家

芒原晴れ中天に昼の月

秋の蝶縺れ舞ひつつ野川越ゆ

午鐘鳴り上野の森に銀杏散る

鴨泳ぎしばらく舟の後を追ふ

雪吊の松の映りて鯉の池

観音の御前に散りて冬桜

石蕗咲きて老舗団子屋休業日

寒濤の沖に向き立ち崖祠

棕櫚大葉挿し風除けの冬菜畑

雨の粒飛びつつ春の虹かかる

朝日射し来て山寺の梅香る

鳩雀撒き餌にたかり春うらら

芽吹く木の枝に吊りあり道標

木の根窪朽葉に交じりすみれ草

鐘撞きて山の札所に春惜しむ

札所への野道の晴れて雉の声

渓に沿ふ山路に一人静かな

転びつつ子鴨後先親を追ふ

夕闇の草を離れて蛍飛ぶ

梅雨晴の堂開け放ち護摩供養

五重塔囲み全山青葉晴

大虹に燕の高く舞ひ上がる

釈迦牟尼仏池に祀りて蓮の花

降り立ちて一人の駅舎曼珠沙華

とんばうや峡に手造り豆腐店

上高地　七句

鱗雲明神岳を押し移る

岩魚焼く茶屋に煙立ち朝黄葉

渓川も吊橋も暮れ十三夜

ランプ手に吊橋渡り十三夜

裏庭に湧き水流れ月の宿

熊笹原猿の分け行き黄葉晴

白骨樹刺さり水澄む山の池

あとがき

　五十代なかばの頃福岡に住んでいた。福岡は私の故郷でもあり、年齢的にもこの地で定年を迎えることになるだろうという夫の言葉を信じて、のんびりと地元での生活を楽しんでいた。そんなある日ふと見たカルチャーセンターのチラシに誘われるように俳句の会に入会した。その句会は「円」という結社で、主宰は岡部六弥太先生。『平家物語』に登場する鎌倉武将の末裔で、お人柄はとても気さくな先生だった。

　入会後一年が過ぎようとする頃、またもや夫が転勤になり東京へ引っ越すことになった。結婚以来これが十一回目の引っ越しである。最後の句会の日のこと、思いがけず六弥太先生が紹介してくださったのが実に「山火」とのご縁の始まりだった。

六弥太先生に頂いた名刺を持って俳句文学館に岡田日郎先生をお訪ねすることになったが、私は句歴と言ってもまだわずか一年ほどのひよこのひよこ。加えてそれほど熱心だったわけでもなかった。思わぬ成り行きに緊張していた私に日郎先生は「『円』とは親戚みたいなものだからね」と優しくおっしゃって、（後でわかったことだが六弥太先生は「山火」の同人でもおられた）先生自ら文学館の地下の書庫などを案内してくださった。当時俳人協会の副会長や図書室長などの要職に就いておられるお方ということなど全く存じ上げないことだった。

以来飯能うのはな句会に参加した。折々先輩方とご一緒する吟行は楽しく、徐々に例会に、研究会に、三浦吟行句会（のち木蘭句会）にと吟行の機会も増えていった。

平成二十三年新人賞を、そして平成二十九年には山火賞をいただいた。身に余る大きな喜びと感謝の気持ちでいっぱいではあるけれど、一方で「山火」の理念である徹底写生、雪月花汎論には程遠く未だに不勉強を恥じるのみである。

令和四年一月、日郎先生ご逝去の報に接した。少し前から体調を崩されてはいたが、みな日郎先生のご回復をお待ちしながら例会や句会など、いつも通りに続けていた矢先のことであった。あまりのことに言葉もなくただ茫然自失ではあったが、日郎先生のご遺志を受け継いでくださった鈴木久美子様を代表に「山火」は再び歩き出した。日郎先生はよく「みんなが良い句を作ってくれることが一番だよ」と言っておられた。大きな悲しみではあるけれど、乗り越えて進むことが、今できる唯一のことと思う。

俳句を始めて凡そ二十年が経った。幸い健康にも恵まれ日郎先生の俳句の原点ともいえる奥日光をはじめ横手、八ヶ岳、湯沢、有馬、那須など色々なところへご一緒させていただくことができた。日常を離れて自然と向き合い、日郎先生の厳しくも温かいご指導のもと俳句に専念できた時間は何ものにも代え難く、今も私の中に生き生きと残っている。

鈴木久美子代表には本句集上梓にあたって、ご多忙にもかかわらず句集名や再選などすべてにわたって適切なご助言をいただいた。さらには山火雑詠評より抄出して掲載の労をとってくださった。身に余るお心遣いに有り難く厚くお礼を申し上げたい。

常に慈愛に満ちた深いお心でお見守りくださった故岡田日郎先生、「山火」へとお導きくださった故岡部六弥太先生に心からの感謝の言葉を捧げたい。直接お伝えできないのがただ残念でならない。

入会以来大変お世話になった飯能うのはな句会、木蘭句会の皆様、そして多くの句座をご一緒してくださった皆様に心よりお礼申し上げたい。また、ふらんす堂の皆様のご尽力で句集を編むことができたことは大きな喜びである。

今後も入会以来変わらず応援してくれた夫や家族に感謝しつつ、また新たな一歩を踏み出したいと思う。

令和五年一月

齊藤久美子

著者略歴

齊藤久美子（さいとう・くみこ）本名同じ

昭和23年　福岡市生
平成14年　「円」入会　岡部六弥太に師事
平成15年　「山火」入会　岡田日郎に師事
平成23年　第21回「山火」新人賞受賞・「山火」同人
平成29年　第62回山火賞受賞

現　在　　俳人協会会員

著　書　　『円合同句集・第７集翠玉』
『山火合同句集・第５集』

現住所　　〒203-0014　東京都東久留米市東本町2-1-601

句集　星月夜　ほしづきよ
二〇二三年三月一四日　初版発行
著　者――齊藤久美子
発行人――山岡喜美子
発行所――ふらんす堂
〒182-0002 東京都調布市仙川町一―一五―三八―二F
電　話――〇三（三三二六）九〇六一　ＦＡＸ〇三（三三二六）六九一九
ホームページ http://furansudo.com/ E-mail info@furansudo.com
振　替――〇〇一七〇―一―一八四一七三
装　幀――君嶋真理子
印刷所――日本ハイコム㈱
製本所――㈱松　岳　社
定　価――本体二七〇〇円＋税
ISBN978-4-7814-1537-6 C0092 ¥2700E